옮긴이 윤승진

한국외국어대학교 스페인어과를 졸업 후 동 대학 통번
역대학원 한서과를 졸업했다. 현재 한국외국어대학교 통
번역대학원 한서과에서 강의 중이며 엔터스코리아 스페
인어 전문 번역가로 활동 중이다. 역서로는《책에서 나온
북깨비》,《알로하! 호오포노포노》,《노틸러스 구출 작전》,
《화학이 정말 우리 세상을 바꿨다고?》,《팔로마의 유쾌한
임신 그림일기》,《브롯 박사의 음모》,《생태학이 정말 우
리 지구를 지킨다고?》,《FC 바르셀로나 바이블》,《레알
마드리드 바이블》등이 있다.

Design 홍시

FRIDA KAHLO

Una biografía

Frida Kahlo. Una biografía

© 2016, María Hesse

© 2016, de la presente edición en castellano para todo el mundo :

Penguin Random House Grupo Editorial, S. A. U.

Travessera de Gràcia, 47-49, 08021 Barcelona

Korean language edition © 2018 by Chaekpung Publishing

Korean translation rights arranged with Penguin Random House Grupo Editorial, S. A. U.

through EntersKorea Co., Ltd., Seoul, Korea.

강인하고 슬픈 영혼

FRIDA KAHLO

마리아 에세 María Hesse | 윤승진 옮김

페미니스트
프리다 칼로
이야기

책/이/있/는/풍/경

나로 하여금 더 좋은 사람이 되고 싶게 만드는
알폰소에게 이 책을 바칩니다.

스스로 쌓아 올린
고통의 벽을 허물지 않으면
마음속 깊은 곳이 서서히 썩어 들어가는
비극을 피할 수 없다.

―프리다 칼로―

차례

이미 시중에는 프리다 칼로에 대한 저서가 그렇게 많은데도 그녀에 대한 작품이 계속하여 생산되는 이유는 무엇일까?

프리다 칼로를 모르는 사람은 별로 없을 것이다. 잘 알지는 못하더라도 최소한 그녀가 어떤 사람인지, 어떤 작품을 남겼는지 대략적인 이미지는 떠오를 터다. 프리다는 인터뷰와 서신, 일기, 그리고 작품 등을 통해 삶의 증거를 많이 남기고 떠났다. 그런데 아무리 그녀가 했던 인터뷰를 보고 그녀에 대한 저서들을 읽고 그녀가 남긴 작품들을 연구해보아도 그것들은 프리다가 살아낸 삶과 그녀의 머리를 스쳐 간 많은 생각들의 작디작은 파편에 지나지 않는다는 느낌을 지울 수가 없다.

프리다는 이야기에 살을 붙이고 존재하지 않는 이야기를 만들어내곤 했다. 프리다는 사실을 말했지만 때로는 모순을 말하기도 했다. 사물을 보는 시각이 남달랐기 때문이다. 그런 능력은 주로 그녀의 삶에서 특별히 중요한 순간에 발휘되곤 했다. 그녀는 극단의 삶을 살았다. 총천연색과 흑백, 날아오를 듯한 행복과 깊은 슬픔, 타인의 주목을 끌기에 충분한 웃음과 노랫소리 그리고 지독한 고뇌에 빠져 그림을 그리던 스튜디오의 정적과 고독…. 서로 다른 모습이 상존했다. 어쩌면 그것이 바로 프리다 칼로의 매력과 신비로움이 발산되는 출발점인지도 모르겠다. 무슨 일이 어떻게 일어났는지 정확하게 아는 것은 그리 중요하지 않다. 정말로 중요한 것은 그 일로 프리다가 어떤 느낌을 받았느냐 하는 것이다. 이는 프리다를 이해하는 하나의 열쇠가 될 수 있다.

이 책을 쓴 이유는 프리다의 실제 삶과 그녀가 창조해낸 삶 중 어느 하나만을 얘기하고 싶어서가 아니다. 군이 말하자면 그 둘을 한 데 섞어보고 싶었다. 어떤 면에서는 그녀의 실제 삶이 허구보다 더 흥미롭지만, 다른 한편으로는 프리다가 우리에게 말하고 싶어 했던 진실을 존중하기에 내린 선택이었다.

마지막으로 여러분께 한 가지 조언을 하고 싶다. 진짜 프리다를 알고 싶다면 그녀가 남긴 작품을 하나하나 찬찬히 들여다보길 권한다. 그녀는 자신이 누구인지에 대한 작은 힌트들을 작품에 남겨놓았다. 프리다의 작품에 진짜 프리다가 숨어 있다.

FRIDA
KAHLO

내가 자화상을 그리는 이유는
나보다 더 나를 잘 아는 사람은 없기 때문이다.
꿈이나 악몽을 그림으로 표현한 적은 단 한 번도 없다.
나는 현실만을 그린다.

내 이름은 막달레나 카르멘 프리다 칼로 칼데론.
1907년 7월 6일에 멕시코 코요아칸에서 태어났다.
나는 세상에 나온 그 순간부터 사는 내내 병마와 싸워야 했다.
내가 소아마비에 걸린 걸로 아는 사람들도 있지만,
실제 병명은 척추기형이다.

1925년

삶은 나에게 친구가 되려고 하지만 운명은 적이 되려고 한다.

9월 17일, 내가 탄 버스가 전차와 충돌했다. 그 사고로 나는 크게 다쳐 목숨을 잃을 뻔했다.

1929년

당신이 지금까지 가져보지 못한 모든 걸 주고 싶어요.
당신을 사랑한다는 것이 얼마나 경이로운 일인지 당신은 모르겠지요.

8월 21일,
나는 디에고 리베라와
결혼했다.

1931~1934년

솔직해져야 한다.
우리 여성들은 고통 없는 삶을 기대할 수 없다.

디에고와 나는 미국으로 이주했다. 그곳에서 나는 두 번째 유산을 겪었다. 멕시코가 너무나도 그리웠다.

1935년

나의 유일한 장점은 고통에 길들여지기 시작했다는 것이다.

우리는 멕시코로 돌아왔다. 디에고는 내 여동생과 위험한 모험을 시작했다.

1937년

남자는 자신의 운명의 주인이며 그의 운명은 조국이다. 하지만 그 스스로 조국을 파괴해 운명을 잃고 만다.

우리는 망명한 트로츠키를 받아들였다. 그와 나의 로맨스는 피할 수 없는 일이었다.

1939년

그들은 나를 초현실주의자로 생각했다.

파리에서 전시회를 가졌다. 프랑스 사람들은 나를 따뜻하게 맞아주었다.

1939년

나는 살면서 두 번의 큰 사고를 당했다. 하나는 나를 쓰러뜨린 교통사고이고, 다른 하나는 디에고를 만난 일이다.

디에고가 나에게 이혼을 요구했다.

1940년

나는 슬픔을 익사시키려고 마시고 또 마셨다. 하지만 지독한 슬픔은 수영하는 법을 배워버렸다.

트로츠키가 암살되고 나는 심문을 받았다. 그 슬픔 탓에 내 건강은 더욱 악화되었다.
별거한 지 몇 달 지나지 않아 디에고와 나는 재결합했다.

1947~1951년

날개가 있어 날 수 있다면 다리가 왜 필요해!

셀 수 없이 많은 수술의 역사가 시작되었다. 1952년에 나는 오른쪽 다리 절단수술을 받았다.

1953년

의사 선생님, 이 테킬라를 마시게 해주시면 내 장례식에서는 절대로 술을 마시지 않겠다고 약속할게요.

멕시코에서 처음으로 전시회를 열었다.
의사 선생님은 나에게 침대에 누워 있어야 한다고 했다. 선생님의 말씀대로 나는 침대에 누운 채로 개회식에 참석했다.

1954년

행복한 외출이기를, 그리고 다시는 돌아오지 않기를….

이제 고작 마흔일곱 살인데, 내 몸은 너무 지쳐서 더 이상 고통을 느낄 여력조차 없다. 모든 고통은 언젠가는 끝나기 마련이다.

혼자 노는 아이

Story 1

내 이름은 막달레나 카르멘 프리다 칼로 칼데론. 1907년 7월 6일에 코요아칸에서 태어났다. 그런데 누군가 나에게 언제 태어났느냐고 물으면 1910년에 태어났다고 말하곤 했다. 고작 몇 살 더 어려 보이려고 얕은꾀를 부린 거라 생각한다면 오산이다. 그렇게 말한 이유는 1910년은 멕시코 혁명이 시작된 해이고, 내가 곧 혁명이기 때문이다.

어머니는 키가 작고, 예쁜 눈과 작고 야무진 입,
가무잡잡한 피부의 여성이었다. 오악사카 출신으로,
매우 상냥하고 활동적이며 재치가 넘쳤다. 글을 읽거
나 쓰지는 못했지만 돈을 셀 줄은 아셨다.

아버지 기예르모 칼로는 재미있는 분이셨다. 행동거지와 걸음걸이에 기품이 넘쳤으며, 차분하고 부지런하며 용감하셨다. 수년 동안 간질을 앓았지만 일을 그만둔 적은 없었다. 그만큼 똑똑하고 고상하며 용기 있는 분이셨다.

아버지는 18세 되던 해에 독일에서 멕시코로 이주했다. 멕시코에서 마리아 카르데뇨 에스피노와 결혼을 한 뒤 한동안 보석상에서 일했다. 바로 그곳에서 나의 어머니인 마틸데 칼데론을 만나게 되었다.

아버지의 첫 번째 부인은 둘째 딸을 출산하다가 사망했다.

첫째 부인이 사망한 지 석 달 뒤인 1898년 2월 21일에 어머니와 결혼하고, 그해 8월 21일에 두 분 사이에 첫째 딸이 태어났다.

아버지는 어머니와 결혼한 뒤 외할아버지의 뒤를 이어 사진사로 일했다. 그리고 파란 집, '카사 아술'을 지었다. 아버지는 어머니를 깊이 사랑했지만 어머니는 남편의 사랑만으로는 만족하지 않으셨다. 결혼 전 만났던 첫사랑을 잊지 못했기 때문이다. 역시 독일인이었던 어머니의 첫사랑은 자살로 생을 마감했다.

마틸데

⇦나

나는 딸 넷 중에 셋째였다. 넷째인 크리스티나는 내가 태어난 뒤 11개월 만에 태어났다. 그래서인지 우리는 둘도 없는 친구 사이로 지냈다. 아버지와 첫 번째 부인 사이에서 태어난 두 딸은 아버지의 두 번째 결혼 이후 기숙학교로 보내졌다. 그래서 나는 배다른 언니들을 자주 만나지 못했다.

일곱 살이었던 나는 열다섯 살이었던 마틸데 언니가 애인과 함께 베라크루스로 도피하는 것을 도왔다. 마틸데 언니는 어머니가 가장 아낀 딸이었기 때문에 그녀가 애인과 야반도주한 뒤 어머니는 매우 신경질적으로 변했고, 아버지는 마치 말을 잃어버린 사람처럼 아무 말도 하지 않으셨다.

그 뒤로 4년 동안 나는
언니를 볼 수 없었다.

←아드리아나

스티나 ➡

어릴 적 내 방에는 유리 장식장이 있었다. 유리문에 입김을 불어 그 위에 손가락으로 문을 하나 그렸다. 그 문을 통해 나는 상상의 세계로 빠져들었다. 말할 수 없이 즐겁고도 절박한 취미생활이었다.

나는 눈앞에 펼쳐진 평원을 가로질러 핀손* 이라는 이름의 우유 가게에 이르렀다. 간판에 내걸린 'PINZÓN'의 'Ó'를 통해 지하세계로 힘차게 뛰어 내려가면, 그곳에서 늘 나를 기다리고 있는 상상 속의 친구를 만날 수 있었다.

우리는 매우 즐겁게 지냈다. 소리는 내지 않았지만 실컷 웃었다. 친구의 얼굴은 기억나지 않는다. 친구의 몸짓은 매우 가벼웠고, 마치 중력을 느끼지 않는 사람처럼 춤을 췄다. 나는 상상 속의 친구를 따라 움직였다. 춤추는 그녀를 바라보며 현실 세계에서의 고민을 털어놓곤 했다. 정확히 무슨 고민을 말했는지 지금은 기억나지 않는다.

*PINZÓN : 스페인어로 '종달새'라는 뜻 – 옮긴이

1910년에 멕시코 혁명이 일어났고, 포르피리오 디아스 독재 정부는 무너졌다. 혁명 투쟁은 이후 10년간 지속됐다. 어머니는 남부해방군 사파타주의자들을 도왔다. 그들에게 음식을 주고 다친 곳을 치료해주었다. 어머니가 그들과 함께 있을 때, 크리스티나와 나는 숨을 수 있는 곳이면 어디든 들어가 나오지 않았다.

온 나라가 봉기했다. 창조적인 움직임이 대규모로 일어났고, 그로 말미암아 멕시코는 수년간 변혁의 시대를 살았다.

1914년에는 총탄이 바람을 가르는 소리가 사방을 뒤덮었다. 나는 아직도 그 소리를 기억한다. 크리스티나와 나는 호두나무 냄새가 나는 큰 옷장에 숨어서 총성을 세곤 했다. 부모님은 게릴라들에게 잡히지 않으려고 늘 긴장 속에 사셨다.

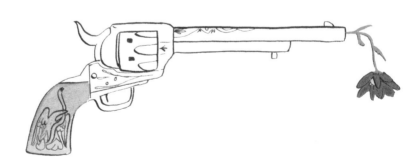

사람들은 내 나이 여섯 살 때 소아마비에 걸려서 오른쪽 다리 근육이 위축된 거라고 말했다. 하지만 그건 사실이 아니었다. 어머니는 마틸데 언니를 낳고 난 뒤부터 임신할 때마다 엽산 부족증을 겪었다. 어머니의 엽산 부족으로 나와 내 자매들은 척추기형이라는 병을 안고 태어난 것이다. 척추기형의 결과로 내 오른쪽 다리는 왼쪽 다리에 비해 더 짧고 약했다. 친구들은 나를 '나무다리 프리다 칼로'라고 놀려댔다.

나는 세 살이 되어서도 제대로 걷지 못했다. 누가 보더라도 우리 자매가 정상은 아니었기 때문에 부모님은 사람들 눈을 피해서 열한 달 동안 우리를 집 안에 가두어 키우셨다. 크리스티나도 척추 수술을 받았다. 크리스티나는 어릴 때 수술을 받은 뒤로 평생 코르셋을 하고 살았다.

부모님은 사람들에게 내가 소아마비에 걸린 거라고 거짓말을 하셨다. 차라리 소아마비라고 하는 편이 낫다고 생각하셨다. 그 당시 사람들은 척추기형이 유전이나 전염되는 병이라고 여겼기 때문에 딸의 혼삿길이 막힐 거라 염려하셨던 것이다. 사실 나는 평생 그런 의심에 시달렸다. 내가 건강한 아이를 낳을 수 있을지 사람들은 늘 궁금해했다.

드디어 혼자 걸을 수 있게 되자 부모님은 크리스티나와 나를 학교에 보내셨다. 집에서 숨어 지낸 시간만큼 나이를 속여야 해서 우리는 실제 나이보다 세 살이나 어리게 소개되었다. 같은 학년의 다른 아이들보다 훨씬 느린 발육 상태를 고려하면 어쩔 수 없는 선택이었을 것이다. 그때부터 나는 가짜 출생 연도를 쓰기 시작했다. 가짜였지만 멕시코 혁명이 시작된 해라 나는 마음에 들었다.

아버지는 내가 병을 이길 수 있도록 재활훈련을 시키셨다. 그런데 아버지가 선택한 수영과 격투기, 복싱 등의 운동은 내 또래의 여자아이들에게 그리 일반적인 운동은 아니었다.

사춘기,
그리고 첫 번째 사고

Story 2

아버지는 우리 자매들 중에서 유독 나를 사랑하고 아끼셨다. 딸들 중 가장 명석하고, 또 당신을 가장 많이 닮았다고 말씀하시곤 했다. 어머니의 반대를 무릅쓰고 아버지는 결국 나를 국립고등학교 입학시험에 지원하게 하셨다. 신입생 총 2000명 중에 여학생은 고작 35명이었는데, 내가 그중 한 명이었다. 해부학에 관심이 많았던 나는 의사가 되고 싶었다.

고등학교에 입학한 뒤 나는 '카추차스'에 가입했다. 카추차스는 사회주의와 민족주의를 지향하는 모임으로, 멕시코 원주민 문화의 재평가를 위해 활동했다. 알레한드로 고메스 아리아스, 미겔 N. 리라, 호세 살레스 라미레스, 알폰소 비야, 아구스틴 리라, 카르멘 하이메 등 우리 카추차스 회원들은 새로운 국가가 탄생하는 역사의 시간을 살았을 뿐만 아니라 그 국가의 형성에 참여하는 행운을 누렸다.

알레한드로는 카추차스 회원 중에서도 나와 특별히 친하게 지낸 친구이자 내가 사랑한 사람이었다. 나도 모르는 새에 서서히 그에게 빠져들었다.

그 당시 나는 주위를 둘러싼 모든 것에 열렬한 애정을 가지고 열중했다.

비록 빌린 자전거였지만 자전거로 등교하는 길은 언제나 즐거웠다. 심빽하고 자전거를 반납하지 않는 일도 허다했지만 말이다.

책가방에는 책 말고도 늘 가지고 다니는 소중한 물건들이 있었다. 작은 돌멩이들, 남자 인형들, 박제 나비, 직접 만든 다이어리 등등.

당시는 내 인생에서 결정적인 시기였다. 어머니는 결국 내가 무신론자가 될 거라 생각하셨고, 어릴 적 친구들은 점점 멀어지기 시작했다. 그들은 내가 전형적인 여성상과는 거리가 먼 행동으로 사람들의 입방아에 오르내린다고 생각했다. 그러나 나는 개의치 않았다. 알레한드로에게도 이렇게 말했다.

상관없어. 나는 지금 이대로의 내가 좋은걸.

당시 대부분의 젊은 여자들이 옷을 입는 방식이나 행동양식은 나와 맞지 않았다. 나는 남들과 똑같이 입고 똑같이 행동하는 것이 편하지 않았고 나답지 않다고 생각했다. 그렇게 해서는 나 자신이 될 수 없었다. 그냥 내키는 대로 하는 게 좋았다. 그런 날 지켜보던 알레한드로는 "너에게 성(性)이란 삶을 즐기는 하나의 방식이야. 살아가는 데 꼭 필요한 자극 같은 거."라고 말했다.

나에 대한 소문은 점점 부풀려져 급기야 내가 한 여자 사서와 연애를 한다는 말까지 돌았다.

학교를 결석하기 시작한 건 그즈음이었다. 나는 학교 수업보다 사람들에게 더 관심이 많았다. 그래도 책 읽고 혼자 공부하기를 좋아한 덕분에 학교 성적은 나쁘지 않게 유지할 수 있었다.

그 무렵 집안 사정은 점점 더 나빠졌다. 집을 저당 잡히는 것도 모자라 가구와 장식품 대부분을 팔아야 하는 형편이 되었다. 그래서 나는 가족들을 위해 돈을 벌기로 마음먹었다.

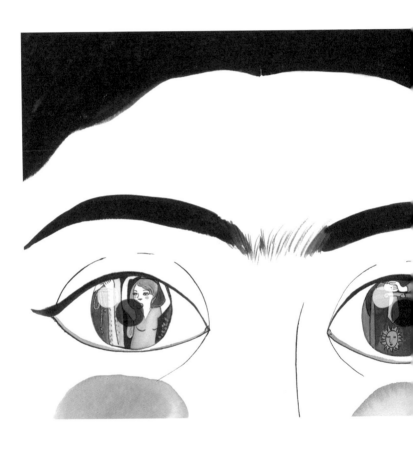

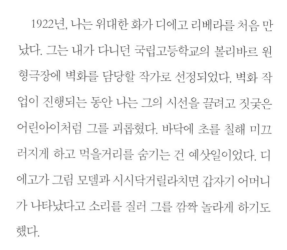

　　1922년, 나는 위대한 화가 디에고 리베라를 처음 만났다. 그는 내가 다니던 국립고등학교의 볼리바르 원형극장에 벽화를 담당할 작가로 선정되었다. 벽화 작업이 진행되는 동안 나는 그의 시선을 끌려고 짓궂은 어린아이처럼 그를 괴롭혔다. 바닥에 초를 칠해 미끄러지게 하고 먹을거리를 숨기는 건 예삿일이었다. 디에고가 그림 모델과 시시닥거릴라치면 갑자기 어머니가 나타났다고 소리를 질러 그를 깜짝 놀라게 하기도 했다.

　　나는 하루는 작업하는 걸 잠시 볼 수 있게 해달라고 디에고에게 부탁했다. 그림 그리는 디에고를 지켜보는데 마치 시간이 멈춘 것만 같았다. 나는 세 시간 넘게 완전히 빠져들어 있었다. 그날 나는 깨달았다. 디에고 리베라가 내 아이의 아버지가 되리란 걸.

첫 번째 사고는 1925년에 일어났다.

알레한드로 고메스 아리아스와 나는 버스를 탔다. 잠시 뒤 우리가
탄 버스는 소치밀코행 전차와 부딪쳤다. 그런데 이상한 것은, 충
돌이 그리 크지 않았다는 사실이다. 사고는 소리 없이 느리게
일어났지만 버스 안에 있던 사람들
모두에게 큰 피해를 입혔다. 나에게는
특히 더 치명적이었다.

사실 그날 우리는 다른 버스
를 탔었다. 그런데 내가 양산을
잃어버려서 찾으러 가느라 그 버스에서
내려 다시 타게 된 버스가 나를 산산조각
내버린 것이다.

거짓말. 누군가 사고를 당했으면 믿기
힘들어하며 울겠지. 거짓말인 줄 알겠지. 하지만 나에게는
눈물이 남아 있지 않았다. 버스와 전차가 충돌하자 우리는
앞쪽으로 튕겨져 나갔고, 버스 난간의 긴 손잡이 기둥이 내 몸을 관통했
다. 나는 투우사의 날카로운 검을 맞은 수소처럼 내동댕이쳐졌다.

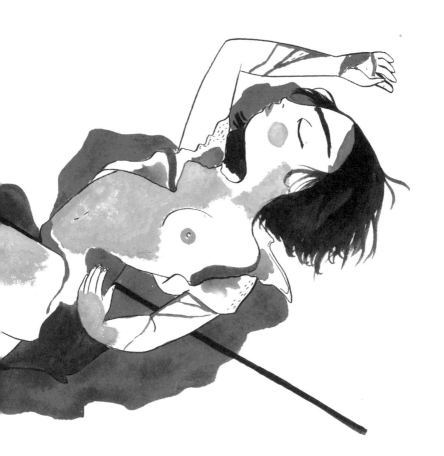

　　나는 땅에 쓰러져 있었다. 그런데 이상하게도 거의 벌거벗은 상태였다. 어떤 아저씨가 들고 있던 금가루가 내 몸 위로 쏟아져 피와 범벅이 되었다. 주위를 둘러싸고 있던 사람들이 소리쳤다. "발레리나를 도와주세요."

나는 적십자병원으로 이송됐다. 의사들은 내가 살아나지 못할 거라고 생각했다. 나 역시도 그렇게 생각했다.

마틸데 언니는 석 달 동안 밤낮으로 내 곁을 지켰다. 신문에 난 기사를 읽어주기도 했다. 어머니는 내 사고 소식을 듣고 충격으로 한 달 동안 아무 말도 못 하셨다. 나를 보러 오지도 않으셨다. 아드리아나 언니는 사고 소식을 듣자마자 기절했다.

아버지는 슬픔을 이기지 못하고 몸져누우셨다. 병원에 입원한 지 20일이 지나서야 아버지는 나를 보기 위해 병원으로 오셨다.

고통,
그리고 붓

Story 3

　아무것도 하지 않은 채 얼마나 자리에 누워 있었을까? 1년이 넘는 시간 동안 나는 침대에 누워 꼼짝하지 못했다.

　3번과 4번 척추 골절, 골반뼈 골절 , 오른쪽 다리 11군데 골절, 왼쪽 팔꿈치 탈구, 입술 왼쪽 부위에 큰 상처를 내며 관통한 손잡이 기둥 때문에

생긴 복부의 깊은 상처, 급성 복막염, 몇 날 며칠 수술을 받아야만 했던 방
광염….

나는 자궁을 관통한 손잡이 기둥 때문에 나의 여성성을 잃어버리게
되었다고 생각했다. 그런데 사실 손잡이 기둥은 자궁보다 훨씬 윗부분
인 골반뼈 높이에서 나왔다.

의사 선생님들의 진단에도 불구하고, 나는 그 뒤로 오랫동안 사고로
인해 앞으로 영영 아이를 갖지 못하게 될 거라고 믿었다.

주로 침대에 누워 지낸 치료 기간 동안 나는 깁스용 코르셋을 여러 개 갈아치웠다. 고통을 삶의 일부로 생각하며 남은 인생을 사는 법을 배워야 했다.

그런 딸을 위로하고 싶었던 어머니는 내 침대를 아늑한 은신처로 변신시키려 애쓰셨다. 예쁜 가리개를 씌우고 침대 천장에는 거울을 달아주셨다. 그리고 그림 몇 점을 사다 주셨다. 그때부터 나는 자화상을 그리기 시작했다. 혼자 보내는 시간이 길었고 내가 가장 잘 아는 대상이 나 자신이었기 때문에 자연스럽게 그렇게 되었다.

특별한 생각 없이 그림을 그리기 시작했다. 그도 그럴 것이, 가지지 못하는 것을 그림으로라도 표현하는 것이 당시 내가 생각할 수 있는 가장 쉬운 일이었다.

알레한드로는 유럽으로 갔다. 그를 잃지 않으려고 나는 절망적으로 싸웠다. 꽤 오랫동안 그에게 편지를 썼다. 그에 대한 나의 사랑은 조금씩 옅어지고 긴 기다림에 지쳐갔다. 나의 일부분이 죽어버린 것만 같았다. 나는 이제 더 이상 예전과 같은 사람이 아니었다. 그와 함께하는 것은 더 이상 아무런 의미가 없었다.

대체 왜 그렇게 열심히 공부하는 거야? 네가 찾고 있는 비밀이 대체 뭐니? 그렇게 열심히 찾아 헤매지 않아도 삶이 곧 가르쳐줄 텐데 왜 그러는 거니? 불과 며칠 전까지만 해도 나는 어린 소녀에 불과했어. 아름다운 색깔로 가득 찬 세상을 걸어 다녔지. 형태가 있고 손으로 만질 수 있는 그런 세상 말이야. 모든 것이 신비로웠고 아름다운 비밀이 숨겨져 있었어. 그 비밀을 알아내고 배우는 건 그 어떤 게임보다 내가 좋아하는 놀이였지. 별안간 모든 사실을 깨닫게 되는 게 얼마나 끔찍한 일인지 네가 안다면 어떻게 될까? 마치 땅 위로 번개가 내리치는 것처럼 말이야. 이제 나는 고통스럽고, 얼음처럼 투명해서 아무것도 감출 수 없는 세상에서 살고 있어. 마치 몇 초 만에 모든 진실을 알게 된 느낌이야. 내 친구들과 동료들은 조금씩 천천히 여자가 되어가지만 나는 순식간에 늙어버렸어. 오늘 내 눈 앞에 펼쳐진 모든 것은 눈부시게 하얗고 빛나지만, 그 뒤에는 아무것도 없다는 걸 나는 이제 알아. 만약 무언가가 있다면 볼 수 있었을 테지.

코끼리와
비둘기

Story 4

시간이 약이다. 전부는 아니더라도 거의 모든 일은 시간이 흐르면 잊히기 마련이다. 나는 공산주의자, 마르크스주의자, 정치적 망명자 등으로 구성된 모임에 나가게 되었다. 그런 모임 중의 한 곳에서 나는 훌리오 안토니오 메야를 알게 되었다. 그는 쿠바에서 공산주의 혁명 운동을 벌이다 망명한 자로, 《엘 마체테(El Machete)》지의 공동 집필자이자 나의 친한 친구인 사진가 티나 모도티의 연인이었다.

나는 예전의 모습을 되찾았다. 사람들과 열정적으로 대화하고, 내일이 없는 사람처럼 춤추고 마시며 즐거운 시간을 보냈다. 한번은 티나가 연 파티에서 그 사람, 디에고 리베라와 마주쳤다. 그는 명실상부 멕시코에서 가장 인정받는 화가 중의 한 사람이 되어 있었다.

디에고는 루페 마린과 결혼하여 두 딸을 두고 있었다. 루페 마린과의 결혼 전에 러시아 출신 화가인 마레브나와의 사이에서 이미 딸을 하나 둔 상태였다. 디에고의 여성 편력을 의심하지 않을 수 없었다. 하지만 그는 내가 존경하는 화가이기에, 내 그림에 대한 그의 의견을 들어보고 싶었다.

교육부 건물 외벽의 발판에 서 있는 그에게 내 그림 넉 점을 가지고 가서 다까고짜 말했다. "디에고, 내려와 봐요." 그러자 그는 예의 그 겸손하고 상냥한 태도로 나에게 다가왔다.

"이봐요, 디에고. 당신이 바람둥이라는 건 이미 익히 알고 있지만 당신을 어떻게 해보려고 여기에 온 건 아니에요. 내 그림을 보여주려고 왔어요. 괜찮은지 어떤지 말해주세요. 괜찮지 않아도 그렇다고 말해줘요. 그래야 다른 일을 찾을 거 아니에요? 부모님을 모시려면 뭐든 해야 하니까요." 그러자 디에고가 말했다. "우선, 당신 그림은 무척 흥미롭군. 특히 이 자화상은 정말 독창적이오. 나머지 세 점은 아마도 당신 경험이 반영된 것 같소. 집에 가서 한 점 더 그려봐요. 그리고 일요일에 그 그림을 보여주면 내 의견을 들려주겠소." 나는 그의 말대로 그림을 그려 그에게 보여주었다. 그러자 그가 말했다. "당신 재능이 있는걸."

우리는 친구이자 동지이자 연인이었다. 나는 그를 배불뚝이라고 부르고 두꺼비를 닮았다고 놀려댔다. 그러면 그는 화를 내기는커녕 사람 좋은 너털웃음을 터뜨리곤 했다.

나는 디에고를 사랑했다. 그러나 부모님은 디에고를 좋아하지 않으셨다. 그가 공산주의자인 데다 뚱뚱해서 싫다고 하셨다. 우리 둘이 결혼하면 흡사 코끼리와 비둘기 한 쌍의 결혼식이 될 거라고 하셨다. 부모님의 반대에도 불구하고 나는 1929년 8월 21일에 결혼할 수 있도록 필요한 준비를 모두 마쳤다. 집안일을 도와주는 하녀에게 치마 몇 벌과 블라우스, 그리고 베일을 빌려두라고 말했다.

다리 보조 장치에 익숙해져서 오르는 사람이 보면 나는 아무 문제 없는 것처럼 보였다. 마침내 우리는 결혼을 했다.

아버지가 디에고에게 말씀하셨다. "내 딸은 아픈 사람이네. 그리고 앞으로도 그럴 걸세. 그걸 잊지 말게. 누구보다 똑똑하지만 예쁘지는 않지. 잘 생각하게…. 그런 모든 어려움에도 내 딸과 결혼하고 싶다면, 내 허락하겠네."

결혼식 파티는 티나의 집 옥상 마당에서 열기로 했다. 술에 잔뜩 취한 루페 마린은 파티 내내 트집거리를 찾아다녔다. 결국 나에게 다가오더니 사람들이 지켜보는 앞에서 내 치마를 들쳐 올리며 소리를 쳤다. "이 가짜 다리 보여요? 디에고가 멀쩡한 내 다리 대신 이 가짜 다리를 선택했단 게 믿기냐고요!" 루페는 붙들고 있던 내 치맛자락을 맥없이 내려놓더니 그 길로 파티장을 나가버렸다.

디에고는 너무 취해 있어서 아무것도 할 수 없었다. 모욕감을 느낀 나는 울면서 파티장을 나와 집으로 갔다. 너무 슬펐다. 디에고가 날 찾아와 그의 집으로 데려간 것은 그로부터 며칠이 지난 뒤였다.

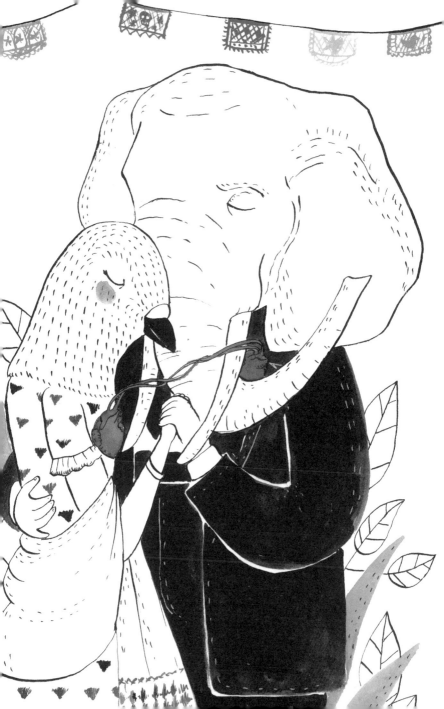

그 옷은 모계사회의 전통이 아직 유지되고
있는 테우안테펙 지협*의 여성들이 입는 테
우아나 전통의상이었다.

한때 나는 짧은 머리를 하고 남자 옷을 입고 다녔다. 바지를 입고, 구두
를 신고, 가죽 겉옷을 걸치고 다녔다. 하지만 디에고를 만날 때는 늘 테우
아나 전통의상을 입었다.

*유카탄 반도와 중앙아메리카를 멕시코와 잇는 땅 - 옮긴이

길이가 긴 드레스로 장애가 있는
오른쪽 다리를 감추고 다녔다.

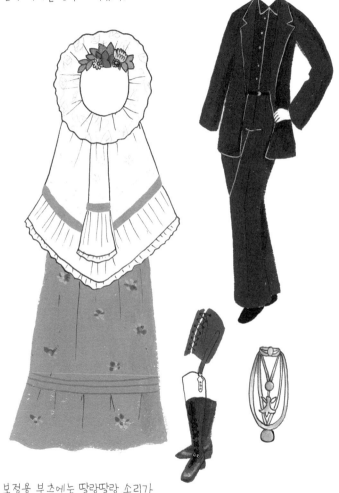

보정용 부츠에는 딸랑딸랑 소리가
나는 종을 달고 다녔다.

결혼하고 얼마 지나지 않아 루페는 나에게 요리를 가르쳐주고, 주방용품을 사는 데 동행하기도 했다.

그뿐만 아니라 디에고의 작업실에 점심 도시락을 배달하는 방법도 가르쳐주었다. 꽃으로 장식한 바구니에 좋은 문장이 수놓아진 냅킨을 넣어 음식을 포장했다.

루페의 호의를 느낀 나는 감사하는 마음으로 그녀의 초상화를 그려 선물했다.

재료

손질한 닭 1마리

구아히요 고추 6개

양파 2개

치킨스톡 1개

올스파이스 1/4 숟가락

감자 1kg

초콜릿 70g

잘게 썬 고수

토마토 1kg

말린 안초 고추 6개

마늘 6쪽

정향 1/4 숟가락

참깨 100g

월계수 잎 1장

오레가노 1숟가락

계피, 소금, 후추

조리법

몰레를 만들려면 우선 냄비에 물을 붓고 통양파와 고수, 월계수 잎, 소금, 후추를 넣은 뒤 고기가 연해질 때까지 약한 불로 닭을 삶아야 한다. 닭이 익으면 냄비에서 꺼내 잠시 그대로 둔다.

고추는 씨를 빼고 살짝 볶아 둔다. 끓는 물에 볶은 고추를 넣고 약 20분간 뜸을 들인다.

양파 1개와 마늘을 기름에 볶다가 토마토와 피망, 참깨, 고추, 정향, 닭 육수, 초콜릿을 함께 넣어 볶는다. 퓌레가 될 때까지 계속 저어준다.

소스가 끓는 동안 감자, 계피, 향신료를 추가한다. 감자가 익을 때까지 기다렸다가 닭고기를 넣는다.

몰레는 주로 익힌 쌀을 곁들여 먹는다.

　결혼 이후 디에고는 공산당에서 제명당했다. 그렇다고 해서 그가 공산주의 이념을 저버린 것은 아니었다. 그는 연설이나 작품 등 기회가 있을 때마다 공산주의 이념을 설파했다.

그 당시 나는 그림을 거의 그리지 않았다. 디에고와 함께하는 삶이 너무 행복해서 외출을 거의 하지 않았다. 일상적인 가사에 전념했고 저녁이 되면 그가 어서 집에 돌아오기만을 기다렸다. 루페에게 배운 대로 종종 그의 작업실로 점심 도시락 배달을 가기도 했다.

　그러나 비극은 멀리 있지 않았다. 결혼 1주년도 되기 전에 디에고는 한눈을 팔기 시작했다. 자신은 일부일처제를 유지할 수 없는 사람이라는 의사의 진단을 받은 적이 있다는 것이 디에고의 변명이었다. 디에고의 외도로 시작된 상처는 유산으로 더 깊어졌다. 이제 더 이상 아이를 가질 수 없다는 절망을 안고 사는 법을 배워야 했다.

　나는 절망에 몸부림치며 울었다. 요리, 청소, 그림, 그 무엇에도 정신을 집중할 수 없었다. 이 세상 모든 슬픔과 고뇌가 내 몸 안에 똬리를 틀고 있다는 느낌을 지울 수 없었다.

　그럼에도 나는 그를 사랑했다. 디에고와 함께 있는 것이 좋았고, 그가 위대한 벽화를 완성해가는 모습을 보고 있노라면 행복해졌다. 그는 항상 자신의 작품에 대해 내 의견을 구했고, 그럴 때면 내가 매우 중요한 사람이 된 것만 같아 기분이 좋았다.

　나는 시간을 때우기 위해 그림을 그렸지만 그는 민중을 위해 붓을 들었다. 나는 오직 나 자신만을 위해 그림을 그렸다.

내가 사랑하는 것들

재깍재깍 내 인생의 1분, 1초가 흘러간다, 아니 사라져버린다. 다시 돌아오지 않는 시간….

셀 수 없이 많은 정념의 시간들과 흥미로운 것들…. 문제는 제대로 살아내는 법을 깨닫느냐 깨닫지 못하느냐다. 각자 자기만의 방식으로 살아내는 문제를 해결하는 것, 그것이 우리의 숙제다.

멕시코 전통
수공예품과 소품 수집

술

담배

보석 수집

동물들

연극 관람

마리아치 노래 감상

인형 수집

편지 쓰기

노래하고,
춤추고,
웃고 떠들며 즐기기

양키들의 나라

Story 5

1930년에 우리는 미국으로 갔다. 샌프란시스코 증권거래소와 캘리 포니아 미술학교에서 디에고에게 벽화 작업을 의뢰했던 것이다.

1931년에 우리는 벅찬 마음으로 뉴욕에 입성했다. 디에고가 뉴욕 현대미술관(MoMA)에서 개인전을 열기로 했기 때문이다.

나는 멕시코가 그리웠지만 뉴욕이라는 도시의 매력에 흠뻑 빠져들었다. 채플린, 마르크스 형제, 디즈니의 영화를 사랑했다.

뉴욕에서는 고급 호텔에서 지내면서 날마다 호화로운 파티에 불려 다녔다. 파티장에 들어갈 때면 일부러 큰 소리로 상스 러운 말을 뱉어 내곤 했다. 교양 있는 체 점잔 빼며 모여 있는 사람들이 놀란 눈으로 나를 바라보는 게 재미있었다. 당연히 나 는 주목을 받았다. 내 무례한 태도에 비난이 쏟아졌지만, 그럼 에도 사람들이 나를 좋아한다는 걸 알고 있었다.

뉴욕에서 뤼시엔 블로흐를 만난 건 행운이었다. 그녀는 디에고를 도와 함께 벽화를 그렸다. 우리는 친한 친구 사이가 되었다.

1932년에 우리는 디트로이트로 이사를 갔다. 록펠러 가문에서 벽화를 그려달라며 디에고를 초청했다. 나는 두 번째 임신을 했다. 의사들이 가급적 임신을 삼가라고 조언한 지 채 1년도 지나지 않은 시점이었다.

디에고는 자식을 더 갖고 싶어 하지 않았다. 하지만 나에게 선택권을 주었기 때문에 나는 아이를 낳기로 결심했다. 정말 힘든 시간이었다. 나는 너무도 외로웠고 계속되는 출혈에 지쳐 휴식이 필요한 상태였다.

거의 하루 종일 집에 갇혀 지냈기 때문에 너무 지루했다. 나는 다시 붓을 들었다. 그림만이 내게 유일한 안식처였다.

의사 선생님은 이번에는 낙태하지 말고 조심해서 아이를 낳아보자고 말했다. 당시 내 건강 상태는 말이 아니었지만 제왕절개 수술을 하면 가능할지도 몰랐다.

7월 4일, 숨 막히게 더운 여름날 밤, 나는 아이를 잃었다. 나는 죽기 일보 직전의 상태로 사경을 헤맸다. 눈물과 피를 흘리며 병원에서 죽음과도 같은 고통의 30일을 보냈다. 절망에 휩싸인 채 아이를 보게 해달라고 청했지만 병원 측은 그럴 수 없다고 했다. 제대로 된 사람의 형체를 갖추지 못했다고 했다. 나는 그림을 그렸다. 무엇으로도 위로받지 못할 고통과 슬픔을 휘갈겨 그렸다.

디에고는 훗날 그 당시의 내 그림에 대해 이렇게 썼다. '디트로이트에서 살던 때 프리다가 캔버스에 그려낸 깊은 슬픔의 시와 같은 작품들은 지금껏 그 누구도 표현해내지 못한 것들이었다.'

같은 해 9월 3일, 전보가 도착했다. 멕시코에 계신 어머니가 유방암에 걸려 위독하다는 소식이었다.

다음 날 나는 멕시코로 갔다. 뤼시엔이 나와 함께했다.

기차 여행은 끝날 것 같지 않았다. 다시 출혈이 시작됐고, 피는 눈물과 섞여 내 몸을 뒤덮어 버렸다.

도착을 며칠 앞둔 9월 15일, 어머니는 돌아가시고 말았다. 슬픔에 휩싸인 아버지를 뒤로 하고 미국으로 돌아가기란 여간 힘든 일이 아니었다. 아버지와 고향에 남고 싶었지만 디에고와 함께하고픈 열망이 더 컸다.

힘든 시기였지만 멕시코 제물 봉헌 전통에서 나는 다시 작품에 대한 영감을 받았다.

멕시코에는 예부터 마을마다 특별한 환쟁이가 있었다. 마을 주민들은 힘든 일이 생기면 그를 찾아가 자신에게 일어난 비극을 그려달라고 요청했다. 먼저 자신의 이야기를 환쟁이에게 들려준 뒤 봉헌물을 바치고 싶은 성인이나 성녀를 귀띔했다. 그림 아래쪽에는 그림의 내용에 대한 설명이 덧붙여졌다.

그림이 완성되면 환쟁이에게 돈을 지불한 뒤 교회에 가서 그 그림을 봉헌했다. 그러면 자신의 고통을 잊을 수 있다고 믿었던 것이다.

나는 살기 위해 그림을 그렸다. 머릿속에 떠오르는 것을 그리면 슬픔은 한 걸음 뒤로 물러나고 계속해서 살아갈 수 있었다. 살아 있음을 기뻐할 수 있었다.

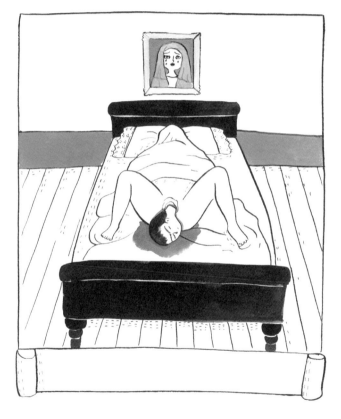

내면에 자리 잡은 고통이 너무 커서 글로 표현할 수조차 없었다.

디에고의 록펠러센터 벽화 작업은 순조롭게 진행되고 있었다. 디에고는 벽화에 레닌의 초상화를 그려 넣었는데, 그것이 나중에 문제가 되었다. 레닌의 얼굴을 지우라는 록펠러 재단 측의 요구를 디에고는 단호히 거절했다. 결국 벽화는 완성되지 못한 채 철거되었다.

그 뒤로 디에고의 일거리는 점점 줄었고, 나는 멕시코가 너무나도 그리웠다.

나는 뉴욕의 상류사회에 신물을 느낀다. 이곳의 부자들에게 분노한다. 최소한의 먹을거리도, 지친 몸을 뉘일 집도 없이 끔찍한 가난에 시달리는 많은 사람들을 나는 보았다. 그들은 내가 뉴욕에서 본 것 중에 가장 강렬한 기억으로 남아 있다. 바로 옆에서 수많은 사람들이 굶주림으로 죽어가는 동안 뉴욕의 부자들은 매일 밤낮으로 파티를 벌였다. 정말 끔찍한 일이다.

디에고와 나는 많이 다퉜다. 그런 뒤에야 우리는 집으로 돌아갈 수 있었다.

두 번째 사고

Story 6

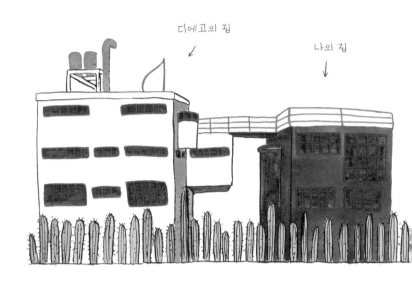

디에고의 집

나의 집

멕시코로 돌아온 우리는 산 앙헬*에 둥지를 틀었다. 산 앙헬은 독특하게도 두 채의 집이 작은 구름다리로 이어진 건축물이었다. 마치 우리의 사랑처럼.

멕시코로 돌아온 디에고는 많이 약해져 있었다. 점점 여위고 얼굴에는 핏기가 없었으며 도덕적으로 많이 퇴락한 상태였다. 디에고가 웃지 않으면 나는 불안했다. 나보다 그의 건강이 더 걱정됐다. 디에고는 나 때문에 어쩔 수 없이 멕시코로 돌아왔다며 자신에게 일어난 모든 불행을 내 탓으로 돌렸다.

멕시코로 돌아온 뒤 1932년의 남은 시간 동안 나 역시 아팠다. 오른쪽 발가락뼈 다섯 개를 절단했고, 또다시 유산했다. 디에고는 큰 수술비용에 화를 냈고 경제적으로 힘들어진 것도 나 때문이라며 원망했다.

*San Angel : '천사의 집'이라는 뜻-옮긴이

그런데 내 불행은 거기서 끝이 아니었다. 디에고는 내 동생 크리스티나와 외도를 시작했다.

그렇게 큰 고통은 난생 처음 느꼈다. 생각했던 것보다 훨씬 더 많이 힘들었다. 크리스티나는 우리 자매들 중에서도 내가 가장 사랑한 동생이었고, 디에고 또한 나에게는 세상 무엇과도 바꿀 수 없는 존재였다. 한순간 공허해진 내 인생과는 별개로 디에고는 그 나름대로 만족스러운 삶을 살고 있었던 것이다. 디에고의 그런 태도가 나를 위한 것이 아님은 너무나도 분명했다. 그에게 나는 그저 거추장스러운 존재에 불과했다. 나는 자신을 배신한 남자를 잊지 못하는 한낱 버림받은 여자일 뿐이었다.

나는 살면서 두 번의 큰 사고를
겪었다. 한 번은 나를 산산이
조각내 버린 버스 사고였고,
그다음은 디에고를 만난
일이다.

상처와 고통으로 엉망이 된 마음을 간신히 부여잡고 나는 작은 아파트로 거처를 옮겼다. 그리고 긴 머리카락을 잘랐다.

혼자 남아 생각해보니 내 상황이 너무나 어처구니없었다. 내 인생에서 가장 좋은 시절을 한 남자에게 종속되어 보냈다. 정작 나를 위해서는 아무 것도 한 일이 없었다. 나는 오직 그를 위해 살았다. 그렇게 보낸 6년이라는 세월에 대해 디에고가 몸소 보여준 대답은, 그와 나 사이에 정절이라는 가치는 부르주아적 미덕에 지나지 않는다는 것이었다. 그는 닥치는 대로 사람들을 만나고 경제적인 이익을 취하는 데서 존재의 의미를 찾는 것 같았다.

모든 걸 잊어보려고 잠시나마 뉴욕에 머물렀지만 허사였다. 디에고로부터 멀리 떨어져서 살 수 없다는 사실만 확인하고 돌아온 셈이다. 멕시코로 다시 돌아온 나는 디에고에게 한 가지 제안을 했다. 우리의 결혼 생활은 그대로 유지하되 서로 개별적인 애정관계를 존중하자는 것이었다. 그 뒤로 나는 연인을 만들었다. 남자도 있었지만 여자도 있었다.

연인들을 만날 때는 늘 조심해야 했다. 디에고의 질투심이 무시무시했기 때문이다. 이사무 노구치라는 일본인 조각가를 만나던 시절에도 디에고의 질투심은 여전했다. 하루는 디에고가 권총을 들고 나타나 위협하는 바람에 이사무가 혼쭐이 나서 옥상으로 도망친 일도 있었다.

내가 사랑했던 사람들

하인츠 베르그루엔은 내가 안정을 필요로
하던 시기에 안식처가 되어준 사람이었다.
그 당시 나는 디에고와의 재결합 가능성
에 대해 고민하고 있었다.

알레한드로 고메스는 내 첫사랑이었다.
그와의 로맨스는 버스 사고 후 끝나 버렸다.
난 네 연인이 되지 않을 거야.
그렇지만 네가 아무리 못되게 굴어도 가까이
네 말동무가 되어줄게.

레오 엘러서는 샌프란시스코에
체류하던 시절 나를 치료해준 의사 중
한 사람이었다.
당신이 날 사랑한다는 걸 너무도 잘 알겠어요.
어디에 있든 당신의 온 신경은 오직 나만을 향하고
있으니까요.

니콜라스 머레이와 나는 10년간
관계를 유지했다. 니콜라스는 누구보다도 더
나를 잘 이해한 사람이었기에 그와의 이별은
내게 가장 고통스러운 결말이었다.
내 사랑, 내 아이, 내 연인.

레온 트로츠키는 망명 후 우리 집에서
함께 살았다. 그는 짧은 시간이나마
나의 연인이었다. 트로츠키와 나는 같은
신념을 가지고 있었고, 우리가 꿈꾸는
세상이 실현되기를 바랐다.

차벨라 바르가스도 우리
집에서 1년 정도 머물렀다.
그때 우리는 정말 연인이었을까?
그녀는 굉장히 특별한 가수였다.
레즈비언이었던 그녀에게 나는 관능적
으로 끌렸다. 그녀도 나와 같은 느낌
이었는지 그건 알 수 없지만….

미국에서 조셉 바르톨리라는
스페인 사람을 알게 되었다. 공화당원이었던
그는 게슈타포를 피해 미국으로 피신했었다.
예전부터 꼭 당신을 사랑해온 것 같아요.

자클린 랑바는 앙드레 브르통의 아내였다.
그녀는 나치를 피해 프랑스로 이주했다.
네가 내 곁을 떠난 뒤에도 여전히 새 날은 밝아오고…
오 늘은 나의 태양이 너를 어루만져 주길.

디에고는 조각가 이사무 노구치의 작품을
아벨라르도 L. 로드리게스 마켓에 출품시키고
싶어 했다. 그래서 직접 그를 초청했다.
하루는 침대 위에 누워 있는 이사무와 나를
발견한 디에고가 권총을 들고 난리치는
바람에 이사무는 꽁무니 빠지게
도망쳐 버렸다.

디에고, 당신은 나의 아버지,
나의 아들, 나의 우주.
많은 사람들에게 사랑한다는 말을 했어요.
이 사람 저 사람 만나고, 그들과 입맞춤을
했죠. 하지만 내 마음속 깊은 곳에는
오직 한 사람, 당신뿐이에요.

내 생의 말년에 만났던 연인들은
주로 여성들이었다.

레온 트로츠키

Story 7

1930년대 중반에 라사로 카르데나스 장군이 대통령이 되자 공산주의가 유행했다. 1936년에 스페인 내전이 발발하자 디에고와 나는 가능한 범위 내에서 파시즘에 투쟁하는 공화당원들을 지원하기 위해 연대위원회를 설립했다. 같은 해에 멕시코는 레온 트로츠키와 그의 부인인 나탈리아 세도바의 정치적 망명을 인정했다. 그들은 레닌 사망 후 스탈린에 의해 소비에트연방에서 추방당한 상태였다. 사형선고를 받은 채늘 쫓기는 형편이었다.

나는 그들이 카사 아술에서 우리와 함께 지낼 수 있게 해달라고 디에고에게 청했다. 디에고를 설득하는 일은 힘들었지만 결국 성공했다. 트로츠키 부부는 꽤 오랫동안 밤낮으로 감시받는 생활을 해야만 했다.

레온 트로츠키와 나는 영어로 대화했다. 영어를 할 줄 모르는 트로츠키의 아내는 우리가 하는 말을 알아듣지 못했다. 오랜 시간을 함께 보내는 동안 트로츠키와 나는 가까워졌고 짧게나마 특별한 관계를 가지기 시작했다. 나는 그를 '러브'라고 불렀다. 우리는 아무도 모르게 연서를 주고받았다. 그러나 밀애의 시간은 그리 길게 가지 않았다. 우리 관계를 눈치 챈 나탈리아는 남편과 별거하기로 마음먹었다. 그러나 별거 기간은 오래가지 않았다. 레온 트로츠키는 아내를 매우 깊이 사랑했기 때문이다. 내가 디에고에게 그런 것처럼….

하루는 레온이 나에게 그동안 주고받은 편지를 모두 되돌려 달라고
했다. 그는 우리 사이에 있었던 일의 흔적을 없애려고 그 편지들을 모두
태워버렸다.

그로부터 얼마 뒤 여행으로 내가 잠시 집을 비웠을 때 디에고와 레온
사이에 다툼이 일어났다. 정치적 견해 차이 때문인지, 아니면 디에고가
레온과 나의 관계를 눈치 챘기 때문인지 이유는 알지 못하지만 그 싸움
뒤에 레온은 카사 아술을 떠났다. 디에고는 트로츠키 부부가 숙식료도
내지 않은 채 내뺐다고 투덜댔다.

초현실주의

Story 8

초현실주의의 아버지 앙드레 브르통을 프랑스에서 만나게 되었다. 그는 내 작품을 보고 초현실주의적이라고 평가했다.

그들은 나를 초현실주의자로 생각했지만 나는 초현실주의자가 아니다. 나는 꿈을 작품의 소재로 삼은 적이 없다. 내가 그린 것은 현실 그 자체였다.

디에고는 내 그림들을 미국 배우인 에드워드 G. 로빈슨에게 선보였다. 로빈슨은 내 그림이 마음에 들었는지 총 넉 점을 샀다. 한 작품당 200달러를 받았다. 그림 값을 손에 받아 들고 나는 생각했다. '이제 여행도 하고, 하고 싶었던 일을 할 수 있겠어. 이제 더 이상 남편에게 돈 달라는 말을 하지 않아도 돼.'

미술상인 줄리앙 레비는 뉴욕에 있는 자신의 갤러리에서 전시회를 열어달라고 나를 초청했다. 뉴욕에서 전시회를 마친 뒤 나는 집으로 돌아갔다. 이번에는 디에고 없이 나 혼자였다.

나는 나만의 삶을 살기 시작했다. 내 작품의 작가로 당당히 인정받았다. 드디어 남편의 그늘에서 벗어날 수 있었다. 전시회는 성황리에 끝났고 전시 작품은 절반가량 판매되었다. 나는 자신감이 넘쳤으며 스스로 꽤 매력적이라고 생각했다.

그 덕분에 여러 남자들에게 호감을 샀지만 그 당시 나에게 가장 중요
한 남자는 니콜라스 머레이였다. 이미 예전부터 알고 지냈지만 그제야
그를 사랑하게 되었다.

나는 마치 아무도 사랑해본 적 없는 사람처럼
그를 사랑했다. 니콜라스만큼
마음 깊이 사랑한 사람은
디에고밖에 없을 정도로.

이후 나는 초현실주의 화가들의 초청으로 전시회를 열기 위해 파리로 갔다. 그런데 처음부터 일이 꼬였다. 그림은 세관에 억류되고, 브르통은 전시할 갤러리를 아직 찾지 못했다고 했다. 결국 당시 동거 중이던 마르셀 뒤샹이 모든 문제를 해결해준 덕분에 전시회를 열 수 있었다.

프랑스 사람들이 어떤 사람들인지 여러분은 상상도 못 할 것이다. 그들은 몇 시간이고 카페 의자에 그 아름다운 엉덩이를 붙이고 앉아 쉬지 않고 떠들어댄다. 문화, 예술, 혁명, 이것저것…. 그렇게 해가 지고 다음 날 아침이 밝으면 먹을 게 아무것도 없다. 카페에 앉아 떠든 그들 중 누구도 일을 하지 않으니 당연한 일 아니겠는가.

← 피카소에게 선물 받은 귀걸이

프랑스까지의 장거리 여행이 문제였다. 나는 결국 병이 났고 초현실주의자들은 나를 실망시켰다.

프랑스에서 그 힘든 나날을 견뎌낼 수 있었던 건 순전히
자클린 랑바, 메리 레이놀즈, 피카소 같은
친구들 덕분이었다.

루브르 박물관에서 내 자화상인 〈액자(El marco)〉를 구매했다. 내 작품을 인정받았지만 나는 두 번째 전시회 개최 제안을 거절했다.

파리 패션계는 나에게 주목했다. 아끼는 보석으로 장식된 내 손이 《보그》지의 표지에 실렸다. 그로부터 오랜 시간 뒤, 나는 미처 보지 못했지만《보그》지 멕시코 판 표지에도 내 얼굴이 실렸다. 표지 사진은 니콜라스가 나를 위해 찍어준 보물과도 같은 사진들 중 하나였다.

그게 다가 아니다. 패션 디자이너인 엘사 스키아파렐리는 '리베라 부인'이라는 이름의 드레스를 지어주었다.

하지만 그 모든 환대에도 불구하고 나는 뉴욕으로 돌아가고 싶었다.

뉴욕에 도착하자마자 니콜라스의 결혼 소식을 듣게 되었다. 나와 보낸 시간에 대해 니콜라스는 생전 처음 느끼는 기분이었다고 말했다. 하지만 나와 함께 있을 때면 그와 나 둘이 아니라 마치 세 사람이 함께인 것 같았다고도 이야기했다. 내 머릿속에 늘 디에고가 자리하고 있었기 때문이라고 했다. 우리는 더 이상 연인은 아니었지만 그는 여전히 내 친구였다. 정말 괴로웠지만 나는 그를 이해했다. 밤새 눈물로 지샌 다음 날 멕시코로 떠났다.

그 이후로도 우리는 서로에게 가장 좋은 친구로 남았다.

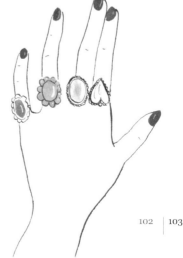

날 기억해줘

Story 9

멕시코에 도착하자마자 나는 카사 아술로 갔다. 당시 디에고와 나의 관계는 악화 일로에 있었다. 디에고가 미국 배우인 폴렛 고더드와 사귀고 있었고 그녀와 결혼하고 싶어 한다는 소문이 돌았다. 디에고에 대한 소문은 그게 다가 아니었다. 그는 트로츠키를 죽인 범인이라는 누명까지 쓰고 있었다. 디에고와 나의 동거는 결국 종말을 고하게 되었다. 우리는 이혼했고, 디에고는 미국으로 가버렸다.

나는 디에고를 사랑했지만 계속 반복되는 문제들은 결코 끝나지 않을 것임을 알고 있었다. 나는 너무도 힘들고 외로웠다. 이 세상에 나만큼 괴로운 사람은 없는 것만 같았다.

우리 사이에 피가 마른 것처럼 나는 흘릴 눈물이 바닥나고 있었다.

슬픔을 익사시키려고 마시고 또 마셨다. 하지만 지독한 슬픔은 수영하는 법을 배워버렸다.

시계를 만드는 장인에게 도자기로 시계를 하나 만들어달라고 주문했다. 디에고와 이별한 날짜를 잊지 않으려고 '산산이 부서진 시간'이라는 말을 '1940년 9월'과 함께 새겨달라고 부탁했다.

또 머리카락을 잘랐다. 이제 더 이상 디에고에게 잘 보이고 싶지 않았다. 여성스러운 면모라든지 그의 환심을 살 만한 그 어떤 모습도 보이고 싶지 않았다. 이제 다시는 그 어떤 남자에게도 의지하지 않겠다고 스스로 다짐했다. 아무도 만나지 않고 일만 했다. 일할 때가 가장 편안했다. 술을 입에 달고 산 탓에 건강은 또다시 나빠지기 시작했다.

힘든 시간 동안 나에게 친구가 되어준 사람은 라몬 메르카데르였다. 그런데 신은 내게 우정마저도 허락하고 싶지 않았던 모양이다. 라몬은 등산에 쓰는 도끼로 트로츠키의 머리를 내리쳐 죽여버렸다.

덕분에 나는 트로츠키 암살 사건에 연루되었다.

동생 크리스티나와 나는 공범자로 의심받아 구치소에 갇히고 말았다. 결백을 증명하는 이틀 동안 우리는 구치소에 갇힌 채 하염없이 눈물을 흘렸다.

건강 악화, 트로츠키 암살 사건, 그로 인한 슬픔… 불행으로 점철된 나의 상황을 알게 된 디에고는 나에게 재결합을 제안했다. 별거를 시작한 지 채 1년도 지나지 않은 시점이었다. 나는 당장이라도 그가 내민 손을 잡고 싶었지만 그보다 먼저 건강을 회복해야겠다고 생각했다. 그래서 샌프란시스코에서 요양하는 동안 나를 기다려달라고 부탁했다.

샌프란시스코에서 지내는 동안 나는 미술상인 하인츠 베르그루엔을 만났다. 그는 날 보자마자 사랑에 빠졌다고 고백했다. 하인츠는 하루도 거르지 않고 병문안을 와주었다. 건강이 회복되자 나는 뉴욕으로 가서 친구들과 시간을 보냈다. 뉴욕에서도 하인츠는 내가 가는 곳마다 동행하였고 나와의 관계를 숨기지도 않았다. 하인츠와 함께 지내는 동안 나는 한편으로는 디에고에게 돌아가고 싶었지만, 다른 한편으로는 이렇게 즐기며 있는 그대로의 내 삶을 살아보고 싶기도 했다.

그러나 마침내 나는 멕시코로 돌아갔다. 디에고의 54세 생일이었던 12월 8일, 디에고와 나는 다시 결혼했다.

디에고와 이별한 날짜를 새긴 시계와 똑같은 시계를 하나 더 만들어달라고 주문했다. 이번에는 '산산이 부서진 시간'이라는 말과 '1940년 12월'이라는 새로운 날짜를 새겼다.

우리는 다시 카사 아술에 둥지를 틀었다. 다만 이번에는 조건이 있었다. 서로 각방을 쓰며 더 이상 성관계를 갖지 않기로 했다. 그러면 디에고가 다른 여자들을 만나더라도 예전만큼 힘들지 않을 거라 생각했다. 물론 그 조건이 철통같이 지켜진 건 아니었다. 다시 돌아간 카사 아술에서 나는 조카들, 동물들, 그리고 내가 사랑하는 존재들과 함께 행복한 시간을 보냈다.

결혼생활은 그럭저럭 잘 유지됐다. 나는 잘 웃고 이해심이 많아졌다. 디에고가 만나는 여자들 때문에 괴로웠던 마음도 많이 편안해졌다. 어떻게 사는 것이 잘 사는 것인지 깨닫게 된 것이다. 내 인생을 제외한 나머지 것들은 전혀 중요하지 않았다.

내 인생에서 가장 충만한 시기가 시작됐다. 나는 더 이상 임신에 집착하지 않았다. 몸단장을 즐기고 내 주변에서 일어나는 일들이 나에게 어떤 영향을 미치는지 가만히 지켜보는 것이 재미있었다. 그때부터 나는 자전적인 일기를 쓰기 시작했다. 일기 쓰기는 그 자체로 내게 휴식이었다.

지난 상처의 흔적이 살아남아 삶을 지탱해준다고 말할 수 있는 이는 누구인가?

(날개가 있어 날 수 있는데
다리가 왜 필요해! 1953년)

(발자국) (태양의 흔적)

(나는 무너진다.)

에드워드 웨스턴, 엑토르 가르시아, 이모젠 커닝햄, 마누엘 알바레스 브라보, 롤라 알바레스 브라보, 기예르모 사모라, 줄리앙 레비, 니콜라스 머레이, 마요 형제, 후안 구스만, 버니스 콜코 등 많은 사진작가들이 찍어준 내 모습들.

1943년부터 나는 교육부 산하의 회화조각미술학교에서 강의를 시작했다. 학교는 라 에스메랄다 거리에 있었다.

나는 바다에 엎드려 그림을 그리곤 했다. 학생들도 나를 따라 했다. 학생들에게 나는 다른 사람들의 그림을 베끼지 말고 본인이 살고 있는 집이나 형제들, 타고 다니는 버스 등 일상적인 것들을 그려보길 권했다. 그림을 그리지 않을 때는 구슬치기, 팽이치기 놀이를 하며 학생들과 친구처럼 지냈다. 우리는 서로에게 좋은 친구였다.

나는 학생들이 원하는 것을 할 수 있게 도와주고 싶었다. 학생들 개개인이 자신만의 방식으로 그림에 대한 열정을 느낄 수 있게끔 이끌고 싶었다. 강의를 시작한 첫날, 무엇을 그려보고 싶으냐고 묻자 학생들은 나에게 포즈를 취해달라고 요청했다. 수업은 교실뿐만 아니라 외부에서도 진행되었다. 밖에서 일어나는 일들을 관찰하기 위해 우리는 시내로, 피라미드 유적지로 나갔다.

그러나 강의를 시작한 지 몇 달 지나지 않아 건강이 더 나빠져서 학교를 나갈 수 없게 되었다. 그래도 수업은 계속 진행했다. 학교가 아니라 집에서. 집에서 수업을 진행하던 초기에는 학생들 전원이 출석했지만 점점 그 수가 줄어들어 마지막에는

파니 라벨, 아르투로 가르시아 부스토스, 기예르모 몬로이, 아르투로 엘게로 네 명만 남았다. 마지막까지 내 수업에 참여해준 이 학생들은 훗날 '프리다 사단'이라는 별칭을 얻었다.

상처 입은 사슴

Story 10

고통과 피로가 다시 찾아왔다. 의사 선생님은 몸을 제대로 지탱하려면 철로 된 코르셋을 착용하는 게 좋겠다고 했다. 코르셋을 착용해도 아프긴 마찬가지였다. 체중이 줄고 오른손 근육이 위축되는 날이 많았다. 의사들조차 내 몸에서 일어나는 일들을 제대로 파악하지 못했다. 힘든 상태였지만 난 붓을 놓을 수 없었다. 병원에 입원해야 하는 일이 잦아졌고 치료비용도 만만치 않았다.

건강이 나아진다면 행복하다고 말할 수 있을 것 같다. 그렇지만 현실은 다르다. 머리끝부터 발끝까지 느껴지는 고통은 내 머릿속을 난장으로 만들어버리고 시도 때도 없이 나를 힘들게 한다.

생각지도 못한 불행이 찾아온 건 1946년의 일이었다. 필립 D. 윌슨 박사는 뉴욕에서 내 수술을 담당했다. 허리뼈 4개 접합, 골반뼈와 15센티미터 길이의 금속막대 이식 수술이었다. 수술에 들어가기 전에 나는 최대한 긍정적으로 생각하려 노력했다. 모든 게 다 잘될 거라고 스스로 위안했다. 하지만 수술 뒤 처음 몇 주는 너무 고통스러워서 데메롤과 모르핀이 없으면 숨쉬기도 힘들 지경이었다. 나는 그 수술 이후부터 눈 감기 직전까지 이 두 가지 약물에 의존했다.

지독한 수술 뒤 시작된 몸의 고통보다 더 참기 힘들었던 건 역시 디에고의 바람기였다. 디에고와 배우 마리아 펠릭스의 관계를 알게 된 나는 두 번째 이혼을 해야 할지 진지하게 고민했다.

디에고―시작점

디에고―창조자

디에고―내 아이

디에고―내 애인

디에고―화가

디에고―내 연인

디에고―내 남편!

디에고―내 친구

디에고―아버지

디에고―어머니

디에고―내 아들

디에고―나

디에고―우주

화합의 다양성

나는 왜 그를 나의 디에고라 부르는가?

그는 과거에도 그랬듯이 앞으로도 결코 내 것이 아니다.

디에고는 오직 그 자신만의 존재일 뿐이다.

나는 1950년부터 1951년까지 1년 동안 병상에 있었다. 척추 수술을 일곱 번이나 받았다. 파릴 박사가 나를 살린 셈이다. 그 덕분에 나는 살아 있는 기쁨을 다시 맛보게 되었다. 여전히 휠체어를 타고 있고 언제 다시 걸을 수 있을지 알 수 없다. 흉측한 강철 덩어리 코르셋을 입고 있지만, 그 덕분에 척추에서 느껴지는 고통은 훨씬 덜하다. 예전처럼 아프진 않다.

그런데 왠지 계속 피곤하다. 너무나도 많은 절망을 느꼈던 탓이겠지. 어떤 말로도 표현할 수 없는 그런 절망 말이다. 그럼에도 여전히 살고 싶었다. 다시 그림을 그렸다. 파릴 박사에게 선물할 그림을 그렸다. 정성을 가득 담아 그를 위한 그림을 그렸다.

꿈

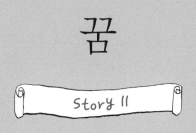

Story 11

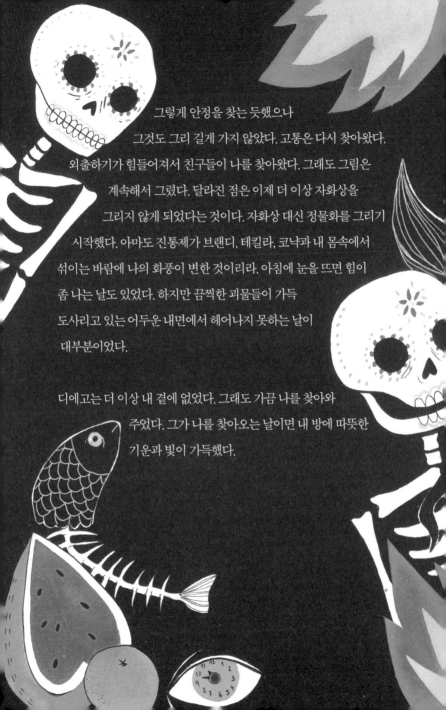

그렇게 안정을 찾는 듯했으나
그것도 그리 길게 가지 않았다. 고통은 다시 찾아왔다.
외출하기가 힘들어져서 친구들이 나를 찾아왔다. 그래도 그림은
계속해서 그렸다. 달라진 점은 이제 더 이상 자화상을
그리지 않게 되었다는 것이다. 자화상 대신 정물화를 그리기
시작했다. 아마도 진통제가 브랜디, 테킬라, 코냑과 내 몸속에서
섞이는 바람에 나의 화풍이 변한 것이리라. 아침에 눈을 뜨면 힘이
좀 나는 날도 있었다. 하지만 끔찍한 괴물들이 가득
도사리고 있는 어두운 내면에서 헤어나지 못하는 날이
대부분이었다.

디에고는 더 이상 내 곁에 없었다. 그래도 가끔 나를 찾아와
주었다. 그가 나를 찾아오는 날이면 내 방에 따뜻한
기운과 빛이 가득했다.

멕시코에서 내 첫 개인전은 1953년, 사진가 롤라 알바레스의 갤러리에서 열렸다. 의사 선생님은 침대를 벗어날 수 없으니 전시회에 갈 수 없을 거라고 했지만 나는 포기하지 않았다. 침대에 누운 채로, 침대를 통째로 옮겨 전시회장에 갔다. 참석해준 모든 사람들과 신나게 마시고 즐겼다.

의사 선생님, 이 테킬라를 마시게 해주시면 내 장례식에서는 절대로 술을 마시지 않겠다고 약속할게요.

그렇게 삶이 계속될수록 오른쪽 다리에서 느껴지는 통증도 커져만 갔다. 병원에서는 결국 오른쪽 다리를 절단하기로 결정했다. 다리를 절단하면 고통은 사라지고 다른 방법으로 걸을 수 있게 될지 몰라도, 내 마음이 너무 아픈 건 어쩔 수 없는 일이었다.

날개가 있어 날 수 있다면 다리가 왜 필요해!

디에고는 다리를 절단하면 죽을지도 모른다고 걱정했다. 나는 며칠을 아무 말도 없이 보내다가 때때로 아무 의미 없는 말을 중얼거리기도 하고, 어떤 때는 비통하게 울기도 했다. 내 몸의 일부가 영원히 사라지자 아무리 힘들어도 잃지 않았던 삶에 대한 욕망마저 서서히 사라졌다.

이제 곧 당신을 떠나게 될 것 같아요.

그러나 죽을 것 같은 고통도 영원하지는 않은 법이다. 죽음은 가끔 꿈속에 찾아와 나를 달래주었다.

7월 6일은 내 생일이었다. 나는 노래하고 웃으며 생일을 기념했다. 사람들이 나를 늘 노래하고 웃으며 삶을 즐긴 사람으로 기억해주길 바라면서….

7월 13일 이른 아침, 나바로 박사가 빈혈 검사에 필요한 혈액 샘플을 채취하러 왔을 때, 내 침대에는 내 영혼의 감옥이었던 몸뚱이만 남아 있었다.

어떤 이는 내 사인이 폐색전증이라

고 하고, 또 어떤 이는 욕실에서 넘어지는 바람에 절단한 다리를 다쳐서라고 한다. 또 내가 처방된 양보다 훨씬 더 많은 양의 진통제를 투약했기 때문이라고 하는 이도 있다.

행복한 외출이기를,

그리고 다시는 돌아오지 않기를….

VIVA LA VIDA
Frida Kahlo
COYOACÁN 1964 México

프리다 칼로 작품 해설 :
연대기

1929. 벨벳 드레스를 입은 자화상
Autorretrato con traje de terciopelo

프리다가 알레한드로 고메스 아리아스에게 선물한 그림. 뒷면에는 '지금 이 순간은 영원하다'라는 글귀가 새겨져 있다. 자화상 뒤에 그린 바다에 대해 프리다는 '인생, 내 인생의 상징'이라고 알레한드로에게 설명했다.

1931. 프리다와 디에고 리베라
Frida y Diego Rivera

이 그림은 프리다가 디에고와 결혼한 지 2년이 되는 때에 그린 작품이다. 프리다의 두 발은 아슬아슬하게 땅을 딛고 서 있어서 마치 떠 있는 것처럼 보인다.
작가의 말 : '여기 우리가 있다. 나 프리다 칼로와 내 사랑하는 남편 디에고 리베라. 나는 아름다운 도시 샌프란시스코에서 우리의 친구 앨버트 벤더를 위해 1931년 4월에 이 초상을 그렸다.'

1932. 헨리 포드 병원
Hospital Henry Ford

프리다는 헨리 포드 병원에서 뜻하지 않은 임신중절 수술을 받은 뒤에 이 그림을 그렸다. 완성 전에 그린 스케치에는 태아가 보이지 않는다.

1932. 나의 탄생
Mi nacimiento

아기가 유산된 지 얼마 되지 않아 어머니가 돌아가셨다. 이때부터 프리다는 멕시코의 봉헌 문화에 대한 그림을 그리기 시작했다.

1932. 멕시코와 미국의 국경에 선 자화상
Autorretrato de pie en la frontera entre México y Estados Unidos

작가의 말 : '카르멘 리베라는 1932년에 자신의 자화상을 그렸다.' 그녀의 세례명은 막달레나 카르멘 프리다이다.

1935. 단지 몇 번 찔렀을 뿐
Unos cuantos piquetitos

이 그림은 신문에 난 기사를 보고 영감을 받아 그린 작품이지만, 동생 크리스티나와 바람이 난 디에고 리베라에 대한 배신감을 상징하는 작품이기도 하다.

1936. 나의 조부모, 부모, 그리고 나
Mis abuelos, mis padres y yo

프리다가 가족 초상으로는 처음 그린 작품이다. 부모님의 모습은 결혼식 사진을 보고 그렸다. 그림에 보이는 아이는 프리다 자신이라는 설이 있는가 하면, 결혼 당시 이미 어머니가 임신한 상태였으므로 프리다의 언니 마틸데일 것이라는 설도 있다.

1937. 기억
Recuerdo

1938년에 줄리앙 레비의 갤러리에서 열린 전시회에서는 이 그림의 제목을 〈심장(corazón)〉이라고 붙였다.

1937. 레온 트로츠키에게 바치는 자화상
Autorretrato dedicado a León Trotski

레온 트로츠키의 생일에 선물하려고 그린 그림.
작가의 말 : '내 모든 사랑을 담아 1937년 11월 7일에 이 그림을 레온 트로츠키에게 바친다. 멕시코 산 앙헬에서 프리다 칼로.'

1938. 죽음의 마스크를 쓴 소녀
La niña ya tiene su máscara de calavera

이 그림의 다른 버전도 있지만 현재는 분실된 상태다.

1939. 물이 내게 준 것
Lo que el agua me dio

프리다는 줄리앙 레비에게 이렇게 말했다. '이건 지나가는 세월에 대한 이미지야. 어린 시절 욕조에서 물장구치고 놀면서 보낸 시간과 시간이 흐르면서 겪게 되는 일들에 대한 슬픔의 세월 말이야.'

1939. 두 명의 프리다
Las dos Fridas

프리다는 디에고 리베라와의 이혼 수속을 밟던 시기에 이 그림을 그렸다. 그림 속 두 명의 프리다 중 한 명은 디에고가 사랑한 멕시코인 프리다이고, 조금 더 유럽풍의 분위기가 나는 다른 한 명은 디에고에게 버림받은 프리다이다.
프리다는 어린 시절 가졌던 상상 속의 친구가 이 그림의 기원이라고 일기에서 고백했다.

1940. 봉헌화
Retablo

청소년기에 겪었던 사고를 봉헌물 형태로 표현한 작품이다.

1940. 꿈
El sueño

〈떠 있는 침대(La cama voladora)〉라는 제목으로 불리기도 한다. 삶과 죽음은 프리다 작품에 자주 사용되는 주제였다.

1940. 엘뢰서 박사에게 바치는 가시 목걸이를 한 자화상
Autorretrato con collar de espina dedicado al Dr. Eloesser

작가의 말 : '나는 사랑을 가득 담아 나의 의사이자 좋은 친구인 레오 엘뢰서 박사를 위해 이 그림을 1940년에 그렸다. 프리다 칼로.'

1944. 부서진 기둥
La columna rota

프리다 사단은 이 작품이 원래 누드화로 제작되었으나 작가가 고통이라는 메시지를 집중적으로 전달하기 위해 하체를 치마로 덮은 것이라고 설명했다.

1946. 상처 입은 사슴
La Venadita

프리다는 한 편의 시와 함께 이 그림을 리나와 아르카디 보이틀러에게 주었다.

〈여기 내 초상화를 받으세요. 그래야 내가 없어도 매일 밤낮으로 내가 여러분과 함께할 수 있으니까요. 그림 여기저기에 슬픔이 묻어 있지만, 그게 바로 내 현실인걸요. 이제 더 이상 내 모습을 가꿀 수 없게 되어버렸답니다.
상처 입고 슬픔 가득한 사슴 한 마리가 온기와 쉴 곳이 필요해 아르카디와 리나를 찾아가고 있어요.〉

프리다 칼로 작품의 재해석

1939. 도로시 헤일의 자살
El suicidio de Dorothy Hale

프리다는 동명의 작품을 바탕으로 이 그림을 그렸다. 원작에는 도로시 헤일과 그녀가 투신한 건물이 묘사되어 있다.

1946. 희망의 나무
Árbol de la esperanza

원작에는 프리다가 코르셋을 지탱하는 들것 앞에 앉아 있다. 그녀는 엔지니어인 에두아르도 모리요 사파를 위해 이 그림을 그렸다. 원작에는 죽음에 대항한 삶의 승리를 상징하기 위해 해골을 그렸으나 나중에 지워버렸다.

1954. 인생이여 만세! 수박
Viva la vida, sandías

이 작품을 두고 프리다의 마지막 작품이라고 말하는 사람들이 있다. 프리다는 말년에 정물화를 많이 그렸는데, 당시 그녀의 화풍은 진통제 모르핀과 데메롤에 대한 의존성으로 많은 변화를 겪었다. 그래서 이 작품이 그녀가 남긴 마지막 작품이라는 의견은 입증하기 어려운 주장이다.

참고문헌

Colle Corcuera, Marie-Pierre, *Las fiestas de Frida y Diego. Recuerdos y recetas*, Grupo Patria Cultural, México, 1994.

Herrera, Hayden, *Frida. Una biografía de Frida Kahlo*, Editorial Diana, Nueva York, 2002.

Jamis, Rauda, *Frida Kahlo*, Circe, 1988.

Kahlo, Frida, *El diario de Frida Kahlo. Un íntimo autorretrato*, RM Verlag.

Kettenmann, Andrea, *Frida Kahlo, 1907-1954. Dolor y pasión*, Taschen, México, 2000.

Scheiman, Alexandra, *El libro secreto de Frida Kahlo*, Planeta, México, 2009.

Zamora, Martha, *Frida. El pincel de la angustia*, México, 1987.

—, *En busca de Frida*, México, 2015.

영화

Frida, Julie Taymor, Estados Unidos, 2002.

Frida, naturaleza viva, Paul Leduc, México, 1983.

다큐멘터리

Frida Kahlo, Documanía, 2012.

A flor de piel, anécdotas de Frida Kahlo en los FAROS de la Secretaría de Cultura, México, 2014.

Historias de vida – Frida Kahlo, 2014.

감사의글

국제 일러스트레이션 페스티벌 일루스트라투르(Ilustratour)에서 내 작품을 루멘 출판사에 소개할 기회를 가질 수 있어 행운이었습니다. 일러스트레이터들에게 잊지 못할 추억이 될 행사를 조직하기 위해 관계자 여러분이 쏟은 노력에 다시 한 번 감사드립니다. 여러분 모두 잊지 못할 겁니다.

처음으로 이 책에 신뢰를 보여준 히스카 마스. 그녀가 없었다면 이 책은 세상의 빛을 보지 못했을 겁니다. 끝없는 인내심으로 함께 작업해준 데시레 바우델에게도 감사의 마음을 전합니다.

이 책의 초안을 검토해주고 내가 미처 알지 못했던 프리다의 면모를 발견하게 도와준 마르타 사모라에게도 고마움의 인사를 전합니다.

언제나 나를 믿어주고, 힘든 순간에 힘이 되어주고, 더 좋은 작품을 위한 쓴소리도 마다하지 않는 알폰소. 알폰소가 없었다면 이 책과 다른 모든 작품들은 아마 존재하지 않았을 것입니다.

그리고 프리다 칼로. 그녀가 있는 그대로 자신의 삶을 살아주어서, 또 우리에게 위대한 유산을 남겨주어서 감사합니다.

끝으로, 제가 아는 한 세상에서 가장 용감한 여성이자 타의 추종을 불허하는 저의 열성팬인 어머니께 감사와 사랑의 인사를 전합니다.

페미니스트
프리다 칼로
이야기

초판 1쇄 인쇄 2018년 3월 21일
초판 1쇄 발행 2018년 3월 28일

지은이	마리아 에세
옮긴이	윤승진
펴낸이	이희철
기획편집	김정연
마케팅	임종호
북디자인	디자인홍시
펴낸곳	책이있는풍경

등록	제313-2004-00243호(2004년 10월 19일)
주소	서울시 마포구 월드컵로31길 62(망원동, 1층)
전화	02-394-7830(대)
팩스	02-394-7832
이메일	chekpoong@naver.com
홈페이지	www.chaekpung.com

ISBN	979-11-88041-11-4 03870

이 도서의 국립중앙도서관 출판시도서목록(CIP)은 서지정보유통지원시스템 홈페이지
(http://seoji.nl.go.kr)와 국가자료공동목록시스템(http://www.nl.go.kr/kolisnet)에서
이용하실 수 있습니다. (CIP제어번호 : CIP2018007503)